La fiesta de Víctor

Hazel Townson

ediciones SM Joaquín Turina 39   28044 Madrid

Colección dirigida por **Marinella Terzi**

Primera edición: febrero 1992
Segunda edición: octubre 1992
Tercera edición: abril 1994
Cuarta edición: junio 1996
Quinta edición: junio 1997

Traducción del holandés: *Carmen Vázquez-Vigo*
Ilustraciones: *Tony Ross*

© Del texto: Hazel Townson, 1990
© De las ilustraciones: Andersen Press Ltd., 1990
© Ediciones SM
  Joaquín Turina, 39 - 28044 Madrid

Comercializa: CESMA, SA - Aguacate, 43 - 28044 Madrid

ISBN: 84-348-3664-5
Depósito legal: M-21272-1997
Fotocomposición: Grafilia, SL
Impreso en España/Printed in Spain
Orymu, SA - Ruiz de Alda, 1 - Pinto (Madrid)

Para Nicholas Flugge,
siempre mi primer joven lector
y valioso crítico

1 Solitario

—¿PERO qué hace este chico sentado y solo en un rincón? —preguntó el padre de Víctor Lovat—. ¿Es que no tiene ni un amigo?

Su mujer le explicó, sonriendo con ternura:

—Nuestro hijo no necesita compañía para pasarlo bien. Creo que es un poquito solitario.

—¿Solitario? —repitió Arnold Lovat, estupefacto.

Ningún hijo suyo tenía derecho a ser un solitario. Los Lovat eran personas simpáticas que hacían amistades fácilmente y estaban siempre allí donde pasaba algo divertido o interesante. Empezaba a sospechar que había permanecido fuera demasiado tiempo. Quizá sería conveniente dejar la marina mercante y buscar un trabajo que le permitiera vigilar de cerca lo que ocurría en su casa.

—Bueno, pues ya es hora de que tenga algunos amigos. Vamos a dar una fiesta.

¿Una fiesta?

Víctor levantó una mirada recelosa desde el libro que había sacado de la biblioteca.

—Mi cumpleaños no es hasta dentro de cinco meses.

—¿Y quién habla de cumpleaños? No es necesario que te vayas haciendo viejo para invitar a unos cuantos amigos.

—Pero, de todos modos, hace falta un motivo —intervino nerviosa la señora Lovat—. Nadie organiza fiestas así porque sí. Y para Navidad queda también un montón de tiempo.

Ella, mejor que nadie, sabía que Víctor detestaba el barullo de la vida social.

—Lo único que hace falta es buena voluntad —replicó el señor Lovat—. Y ahora que yo estoy en casa para echar una mano, es el momento más oportuno. Hay que comprar las tarjetas de invitación y preparar todo lo necesario.

El señor Lovat sacó del bolsillo un puñado de billetes y los tiró sobre la mesa. Su mujer se los quedó mirando con aprensión, como si fueran ratas

muertas. En cuanto a Víctor, su corazón empezó a latir a toda velocidad. Se sentía como si lo arrojaran de su amado mundo de fantasía y le obligaran a meter el dedo gordo del pie en las heladas aguas de la vida real.

—Pero, papá...

Arnold Lovat detuvo cualquier intento de protesta con un gesto imperioso.

—Y será una fiesta por todo lo alto. Al menos, veinte invitados, entre chicas y chicos.

—¿Veinte? —repitió como un eco su mujer—. En primer lugar, no tenemos veinte vasos. Y no sé dónde piensas que vamos a sentarlos a todos.

El señor Lovat exclamó, disgustado:

—¿Nunca has oído hablar de los vasos de papel? ¿Y nunca te has sentado en el suelo? ¡Por Dios! ¡Ni que viniera la familia real a pasar un fin de semana con nosotros!

Víctor, más blanco que las hojas del libro y a punto del desmayo, se hundió en las profundidades del sofá donde minutos antes leía tan feliz. Le importaban un pepino los vasos y las sillas, pero ¿de dónde iba a sacar veinte amigos si no tenía ni siquiera uno?

—Y ya que vas tanto a la biblioteca —continuaba su padre—, pide que te den algún libro de juegos de sociedad. Lo vamos a organizar todo como es debido, sin dejar nada a la improvisación. Quiero que sea la mejor fiesta que se haya conocido en esta ciudad. Hasta es posible que me deje convencer y toque un par de piezas al acordeón.

La señora Lovat, suspirando, recogió el dinero.

—De acuerdo; pero quedamos en que serán veinte invitados, ¿eh? Veinte: ni uno más.

Sabía por experiencia que era inútil discutir con su marido cuando tomaba una decisión. Y estaba preocupada por Víctor. A diferencia de su padre, no tenía madera de líder. A lo único que aspiraba era a que lo dejaran en paz. Por eso la pobre señora sólo podía prever, a partir de ese momento, disgustos y complicaciones.

Víctor, mientras tanto, se sentía como si acabaran de comunicarle su sentencia de muerte.

2 Huérfanos

—¿TE apetece ir a una fiesta el día veinte? —preguntó Víctor Lovat con tono lúgubre.

—¿Una fiesta? ¿Dónde?

—En mi casa.

—¿Qué? —Becky Ward no pudo ocultar su asombro porque Víctor Lovat jamás invitaba a nadie—. ¿Es tu cumpleaños?

—No.

—¿Entonces?

Víctor, incómodo, se encogió de hombros.

—Seguro que va a anunciar su compromiso —rió Alison Barnes—. ¿Quién es la afortunada, Víctor?

El muchacho se puso como un tomate y, guardando las invitaciones en el bolsillo, salió disparado mientras nuevas explosiones de risa rasgaban el aire a sus espaldas. Después de semejante humillación, decidió no invitar a nadie más de su clase. Pero, en ese caso, tendría que encontrar invitados en otra parte. ¿Y de dónde los iba a sacar?

En el camino de regreso a casa había una heladería. Se detuvo. No acostumbraba a comer helados muy a menudo, pero ese día necesitaba alguna compensación, algo agradable que le ayudara a levantar su mal humor.

Junto al mostrador, una mujer estaba comprando una enorme caja de helado. Era la simpática señorita Anstey, la directora de Las Brisas, un hogar situado en las afueras de la ciudad donde vivían niños huérfanos en espera de ser adoptados.

—De fresa, por favor, y que llegue para veinte raciones —la señorita sonrió—. Hoy tenemos menú especial. Celebramos dos cumpleaños a la vez, así que haremos una pequeña fiesta.

Las dos palabras, «veinte» y «fiesta», se quedaron prendidas en la mente de Víctor. Tardó un poco en comprender a fondo su significado; pero, cuando lo hizo, salió corriendo de la tienda sin esperar a que le dieran el cucurucho que había pedido. Alcanzó a la señorita Anstey al final de la calle.

—Perdone..., pero no he podido evitar oír lo que estaba diciendo hace un momento. Usted vive en Las Brisas, ¿verdad?

—Sí, eso es.

La señorita Anstey miró a Víctor, sorprendida. No conocía a este muchacho. Y pensó que quizá, atraído por el olor del helado de fresa, deseaba ser invitado.

—Verá... Estaba pensando... —Víctor sacó de la cartera del colegio un manojo de invitaciones— que tal vez a los chavales de Las Brisas les gustaría venir a una fiesta en mi casa el día veinte.

—¿Cómo? ¿Los invitas a todos?

—Sí, sí... Me encantaría que vinieran.

Víctor le ofreció las veinte invitaciones.

—Pues sí que es una sorpresa. ¿Eres amigo de alguno de nuestros chicos?

Víctor confesó que no, pero que nada le gustaría más que hacer amistad con ellos. Tanto con los chicos como con las chicas. En realidad, llevaba siglos esperando una oportunidad así.

Parecía tan sincero, que la señorita Anstey dedujo que estaba tratando de hacer su buena acción del día. Y después de todo, ¿por qué no aceptar? Los niños que disfrutaban de familias unidas y felices debían acordarse de los que no eran tan afortunados. Y ella no podía rechazar la mano que tan generosamente ofrecía su amistad.

—Con una sola tarjeta es suficiente para nosotros —dijo tomando la primera del montón—. Así puedes usar las demás para tus otros amigos.

Al leer las señas de Víctor, añadió:

—¿Estás seguro de que habrá sitio para todos?

—¡Oh, sí! Mi padre quiere que sea una fiesta fuera de serie. La mejor que se ha visto en esta ciudad.

—¡Estupendo! Puedes estar seguro de que todos nosotros haremos lo posible para que sea así, hummmm...

—hizo una pausa para leer el nombre que figuraba en la tarjeta— Víctor. Da las gracias a tus padres por su amabilidad. Nuestros chicos no reciben muchas invitaciones como ésta, ¿sabes?

Víctor experimentó la agradable sensación de haber hecho dos cosas buenas a la vez: proporcionar una alegría a veinte personas —veintiuna, contando a la señorita Anstey— y resolver limpiamente su problema. Ya tenía cubierto el cupo de invitados que necesitaba. No tenía que preocuparse más por la dichosa fiesta. Además, cuando llegara ese día, los chicos de Las Brisas jugarían entre ellos y él podría sentarse a leer tranquilamente en un rincón.

Continuó andando satisfecho y sin volver a acordarse del cucurucho de helado con que se proponía aliviar su disgusto.

Quizá no hubiera estado tan contento si hubiera sabido que Las Brisas acogía a treinta y ocho internos, dieciocho de los cuales habían salido de excursión ese día. Y, claro, la señorita Anstey había entendido que los treinta y ocho estaban incluidos en la invitación.

3 Compañeros

—¡HOLA, Víctor! —exclamó Becky
Ward al verlo llegar al colegio a la mañana siguiente—. ¿Cuándo nos vas a
dar las invitaciones para tu fiesta?

Víctor se estremeció.

—Pensé que no queríais venir.

—¿De dónde te has sacado eso? Nunca hemos dicho que no vamos a ir, ¿verdad, Alison?

—Jamás rechazamos una oportunidad de pasarlo bien —afirmó Alison Barnes—. Y tú nos has invitado. Ahora no puedes echarte atrás.

Víctor no sabía qué hacer en semejante situación. Su experiencia en fiestas era tan escasa que no podía distinguir si las chicas hablaban en serio o no. ¿Estaba realmente obligado a mantener su primera invitación? Desesperado, pensó durante un minuto y por fin decidió que dos invitados más o menos daban lo mismo. Casi mejor, porque su padre se enorgullecería al comprobar que tenía tantos amigos. Víctor sacó el montón de invitaciones de la cartera y, de mala gana, entregó dos a sus compañeras. Las restantes las tiraría al cubo de la basura lo antes posible. O, para más seguridad, las quemaría.

—Gracias, Víctor. Ese día estrenaré un vestido nuevo. Ya verás. ¡Algo bárbaro!

—Y yo le cogeré la barra de labios a mi madre. ¡Estaré guapísima!

—¿Quién más irá?

—Nadie que vosotras conozcáis —contestó Víctor, inquieto.

Becky lo miró alarmada.

—¿Qué quieres decir con eso? ¿No has invitado a Lucy? ¿Y a Ivonne? ¿Y a Shamira? Siempre vamos juntas a todas las fiestas.

—¿Y qué pasa con los chicos? Porque yo, si no hay chicos, no voy.

—¡Naturalmente que habrá chicos! —contestó Víctor apresuradamente—. Lo único que pasa es que no los conocéis.

—¿Que no los conocemos?

—Entonces, ¿no has invitado al resto de la clase? Cuando alguien da una fiesta, siempre invita a todos los demás. Así es como se debe hacer.

—Y a ti siempre te invitan, Víctor Lovat. Nadie tiene la culpa de que tú nunca aparezcas —refunfuñó Alison.

Era cierto. Víctor no había asistido a una reunión desde que lo habían obligado a ir al funeral por su tío Walter. Y aquello no había sido nada divertido. Más bien deprimente, a pesar de que después habían ofrecido pasteles y bocadillos.

—Nosotras creíamos que por fin te habías decidido a salir de tu escondrijo, pero se ve que estábamos equivocadas.

—A lo mejor le da corte invitar a los demás. Como es tan tímido...

Con gesto enérgico, Becky se apoderó del montón de invitaciones que Víctor aún tenía en la mano.

—No te preocupes, Víctor. Nosotras nos encargaremos de repartirlas.

—¡Eh! ¡Espera un poco!

Pero ya era demasiado tarde. Becky y Alison corrían velozmente por el patio del colegio llamando a voces a sus compañeros y agitando en el aire las tarjetas de vivos colores. Enseguida se convirtieron en el centro de un grupo numeroso y excitado.

Más tarde, en el recreo, Víctor era la triste imagen de la desesperación. Si Becky y Alison habían distribuido las diecinueve invitaciones que quedaban, sólo podía imaginar su futuro como un total desastre. Sin embargo, le quedaba una esperanza: como era así, un poco raro, nadie querría ir a su fiesta. También podría ocurrir que a las chicas les hubieran sobrado algunas invitaciones. En ese caso, las quemaría inmediatamente.

Ni siquiera tuvo esa suerte.

Becky se plantó al lado de Víctor apenas sonó el timbre.

—Ya las hemos repartido todas —explicó—, pero no eran suficientes. Tienes que darnos siete más.

—¿Cómo dices? —balbuceó el muchacho con cara de atontado.

—Siete más —repitió Alison, impaciente— para el resto de la clase —y volviéndose hacia Becky, añadió—: Con las que ha comprado no había ni para empezar, ¿verdad?

—Y que lo digas. Pero no importa. Que compre unas cuantas más y las traiga mañana por la mañana. ¿Has oído, Víctor? ¡Y no se te ocurra olvidarte!

—Yo... yo no tengo dinero.

—¡Oh, eres el colmo! —exclamó Becky elevando los ojos al cielo—. Bueno, nosotras lo arreglaremos. En casa

tengo bastantes invitaciones que so-
braron de mi cumpleaños. Pondré en
ellas lo que has puesto tú en las tuyas
y luego las repartimos.

—No sé... Yo... —empezó a decir
Víctor, pero Alison y Becky ya corrían
para entrar en clase.

4 Primos

Cuando el desdichado Víctor llegó a su casa aquella tarde, lo único que le apetecía era refugiarse en su habitación y olvidarlo todo leyendo un libro de aventuras. Quería alejarse lo más posible de la amarga realidad en que se había convertido su vida.

Abrió la puerta de la calle con muchísimo cuidado para no hacer ruido. Se proponía cruzar el vestíbulo y subir las escaleras sin que nadie advirtiera su presencia; pero su madre lo estaba esperando y se lo llevó discretamente a un rincón. Susurró en el oído de Víctor, al tiempo que lanzaba nerviosas miradas sobre su hombro por si aparecía el señor Lovat:

—Escucha, cariño. Ya sé que ese asunto de la fiesta no te hace ninguna gracia y que, para colmo, no sabes de dónde sacar los veinte invitados. A tu padre le cuesta entender que eres un niño tranquilo y sensible; pero, de todos modos, no tienes que preocuparte. Se me ha ocurrido algo que te va a ayudar. He estado en casa de tía Ella esta tarde y he invitado a tus primos James y Myra. Además, les he dicho que pueden traer a más chicos. Por de pronto, Myra traerá dos, porque sus mejores amigos son mellizos.

La señora Lovat sonrió, orgullosa de su iniciativa.

—Así que, por lo menos, ya tenemos cinco invitados. Luego he ido a la vicaría y le he contado al vicario lo que pasa. ¡Va a mandar también a sus tres hijos! Ha estado muy simpático y comprensivo. Enseguida se ha hecho cargo de tu problema. Me ha dicho que, de pequeño, él también era tímido, como tú, y que no le gustaban nada las fiestas.

Al llegar a ese punto, Víctor, pálido y tembloroso, tuvo que apoyarse en la barandilla de la escalera. Si no lo hubiera hecho, lo más probable es que se hubiese caído redondo al suelo. Intentó decir algo, pero de su garganta sólo salió una especie de graznido.

Su madre, interpretando estos síntomas como resultado de un intenso alivio, le dio unas reconfortantes palmaditas en la espalda.

—Vamos, vamos... Ya sabía yo que ahora te sentirías muchísimo mejor. Tu padre no se imagina hasta qué punto te pueden afectar estas pequeñas cosas, pero debes estar seguro de que todo lo hace por tu bien.

—Ma... ma... mamá... —consiguió tartamudear Víctor finalmente.

—Deja... No te molestes en darme las gracias. Lo único que quiero es que estés contento, hijo mío. Y no hablemos más. No sea que tu padre nos oiga.

Víctor intentó subir el primer peldaño de la escalera para huir hacia el olvido, pero no pudo. Sus piernas se negaban a funcionar como debían. Recordó un cartel en el que estaba dibujado un enanito al pie de una gigantesca escalera, mirándola con desaliento.

Debajo ponía:

ASÍ LE PUEDE PARECER UNA ESCALERA
A UN ENFERMO DEL CORAZÓN

Y así, ni más ni menos, era como Víctor se sentía.

Tal como había pensado desde el principio, la maldita fiesta iba a ser la causa de su muerte.

En ese momento apareció Arnold Lovat.

—¡Hola! ¿Cómo van las cosas por aquí? —preguntó con un tono terriblemente alegre.

Viendo que su hijo parecía haberse quedado mudo de repente, la señora Lovat contestó en su lugar:

—Ya tiene ocho invitados.

—¿Nada más? Pues tendrá que seguir moviéndose. No es algo tan difícil. En mi juventud, éramos capaces de cualquier cosa con tal de ir a una fiesta. No tenían que invitarnos dos veces, puedes creerme.

Víctor tuvo que hacer un enorme esfuerzo para sacar a flote el poco valor que le quedaba y explicar lo que ocurría. Aferrado a la barandilla de la escalera, consiguió murmurar:

—Las cosas no van muy bien, papá. Hay... hay un pequeño lío.

—¿Lío? ¿Qué lío? ¿Es que todos tus amigos tienen otro compromiso para ese día? Bueno, haberlo dicho. Se cambia la fecha y ya está.

—No... Realmente, papá, el asunto es bastante más complicado.

Víctor habría explicado todo con detalle si no lo hubieran interrumpido otra vez. Pero sonó el timbre de la

puerta y aparecieron tres compañeros del señor Lovat. Trabajaban en el mismo barco y ahora venían a buscarlo para jugar una partida de dardos en una taberna situada a bastante distancia de allí.

Arnold Lovat tuvo una súbita inspiración:

—¡Acabo de tener una idea sensacional! Con que Víctor consiga ocho invitados más, ya tendremos los veinte. Harry, George y Pete, aquí presentes, pueden armar un equipo de fútbol sólo entre ellos, ¿verdad, muchachos?

Harry tiene dos chicos y una chica; George, cuatro chicos, y Pete, dos de cada. Además, como ahora estamos de permiso, vosotros tres también podéis venir y ayudarnos a organizar los juegos. ¡No sé cómo no se me había ocurrido antes!

5 *Pandilla*

A la mañana siguiente, Víctor llegó tarde al colegio. Era la primera vez en su vida que le sucedía semejante cosa, pero en esta ocasión fue porque no quería encontrarse con sus compañeros de clase, que lo mismo se lanzaban a pedirle invitaciones para toda su pa-

41

rentela. Así que se había quedado unos buenos veinte minutos bajo el puente por donde pasaba el tren, reflexionando sobre lo que convenía hacer.

¿Debería llamar a Las Brisas y decir que la fiesta se había suspendido? No: sería una asquerosa mentira. Además, los muchachos de Las Brisas podían declararle la guerra y, aunque muriesen algunos durante la refriega, tampoco se hubiera solucionado el asunto. Lo más razonable, pensó, sería convertirse en un tipo odioso para que nadie, por ningún motivo, quisiera poner los pies en su casa. Conseguiría que le arrojaran las invitaciones a la cara. Hasta Becky y Alison le cogerían tanta manía que se negarían a tener más tratos con él.

Una vez tomada aquella decisión, faltaba saber qué se hace para resultar inaguantable a todo el mundo.

Después de darle muchas vueltas al coco, Víctor trazó un plan de acción. Primero se untó de barro la cara y las manos. Y eso que el barro le daba un asco espantoso. Luego se alborotó el pelo, siempre cuidadosamente peinado, y se desató la corbata y los cordones de los zapatos. A continuación, ensayó la horrible mueca del monstruo de Frankenstein e intentó empeorarla poniéndose bizco; pero tuvo que dejarlo porque se mareaba. Finalmente, chapoteó en todos los charcos que encontró en su camino y entró en la clase haciendo el mayor ruido posible, en lugar de deslizarse discretamente hacia su sitio como era su costumbre.

Su profesora, la señora Mason, lo miró sorprendida y le pidió una explicación por llegar tarde y con un aspecto tan extraño.

Él contestó, descarado:

—He tenido que llevar nuestro pez rojo al veterinario. Estaba empezando a desteñirse.

A Víctor le fastidió que sus compañeros festejaran su desfachatez con una carcajada de aprobación. Hasta la señora Mason tuvo que reprimir una sonrisa. Llevaba años preocupándose por la extremada timidez de Víctor Lovat. Ahora estaba tan satisfecha de que, al fin, se mostrara más audaz, que no creyó oportuno llamarlo al orden. Aquello hizo pensar a Chris Wade que no había peligro alguno y, para felicitarle, le asestó a Víctor un golpe en el hombro con la regla. Normalmente, Víctor hubiera soportado el ataque con resignación; pero ahora, con el abominable carácter que había decidido adoptar, se volvió y propinó un puñetazo en la nariz a Chris.

Aunque la pelea escapó milagrosamente a la atención de la profesora, no pasó en absoluto inadvertida para el resto de la clase. Víctor pudo comprobar durante el recreo que, en lugar de resultar odioso al resto de sus compañeros, la consideración hacia él había subido muchos puntos.

Hasta que, después de continuar con la misma actitud agresiva el resto de la mañana, Barry Goodman lo invitó a formar parte de su pandilla.

¡La pandilla de Goodman!

¡Nada menos que *la mafia de los menos de once,* como también se hacían llamar!

Víctor había vivido aterrorizado por aquella pandilla durante toda su vida escolar. ¿Cómo iba a poder fraternizar ahora con sus componentes? Sólo de pensarlo se puso pálido.

—¿Yo? —preguntó débilmente.

—¡Pues claro! —bramó Barry dándole un cordial golpe en las costillas que lo mandó hasta el centro de la clase—. Por fin tienes todas las condiciones que hacen falta.

—¿De veras?

Le explicaron que era necesario cumplir tres requisitos para pertenecer a la pandilla de Goodman: ser un duro, pegarle a alguien en la nariz e inventar una excusa realmente estúpida y conseguir que la profesora se la tragara.

Víctor dudaba de que alguien pudiera considerarlo un tipo duro; pero, echando un vistazo a su desastroso aspecto, pensó que, al menos aquel día, sí era posible. Y, por cierta increíble chiripa, había cumplido también las otras dos condiciones. Quizá no fuera tan poca cosa como siempre había imaginado ser. Levantó la cabeza.

—Bueno... —preguntó, bastante más seguro de sí mismo—. ¿Qué es exactamente lo que hace la pandilla?

—¿Lo que hace? Para empezar, te puedo decir que somos los que mandamos en el colegio. Y nos ayudamos unos a otros: «Uno para todos y todos para uno».

—¿Y qué más?

—¿A qué vienen tantas preguntas? —chilló Chris Wade, indignado.

—Decídete, Lovat. ¿Quieres entrar o no? Mira que no te lo vamos a ofrecer dos veces.

—¡Pues claro que quiere entrar!

—Vamos, Víctor. Sólo nos falta uno más para ser la pandilla mayor del barrio.

—No tienes que dudarlo. Piensa que te estamos haciendo un verdadero favor. Aquí hay tíos que darían los dientes de delante por pertenecer a nuestra pandilla.

«Entonces, ¿por qué no los dejáis entrar —pensó Víctor—. Así ya seríais la mayor pandilla del barrio». En cualquier caso, era halagador que lo invitaran precisamente a él. Víctor estuvo a punto de aceptar sin más; pero los principios de toda una vida no se abandonan así por las buenas.

—Tengo que pensarlo —dijo.

—¿Cómo?

—Pero ¿quién te crees que eres?

—Dejad que haga lo que quiera. De todos modos, no nos llega ni a la suela del zapato. ¿Os imagináis a este birria solucionando los problemas de los miembros de la pandilla?

Al llegar a ese punto, Víctor abrió bien los oídos. Así que la pandilla se dedicaba a sacar de apuros a sus compañeros. Aquello cambiaba completamente la cuestión. Porque si alguien en este mundo estaba en apuros, ése era Víctor Lovat.

—Muy bien —dijo de repente—. Podéis contar conmigo.

—Lo hubiera jurado.

—Mejor para ti —dijo Barry Goodman con expresión sombría—. Nadie que nos dé la espalda sigue viviendo para contarlo —sin embargo, como para asegurarse de que Víctor no se volvería atrás, añadió—: Ven con nosotros al cuarto de las calderas. Allí te tomaremos juramento.

Víctor echó a andar con el ánimo de alguien que va a ser ofrecido en sacrificio. No era una experiencia nada agradable. Además, podía haberse equivocado en su decisión. ¡Qué complicada es a veces la vida! Si no lo hubieran obligado a organizar la maldita fiesta, no estaría ahora pasando un mal rato y podría continuar su apacible, solitaria, enteramente satisfactoria existencia.

—¿Preparado? —preguntó Barry empuñando la impresionante aguja de tapicero que llevaba prendida en la solapa de su chaqueta—. Lo que tienes que hacer es pincharte el pulgar con esto, camarada Lovat. ¡No seas miedica! Ahora haz un círculo con la sangre en medio de tu frente y le pones un punto en el centro. No... He dicho un círculo. Ahora levanta la mano izquierda y jura fidelidad y obediencia eternas a tu jefe, que soy yo, y escupe tres veces en esta caja de cerillas vacía.

—¡Puastch!

Víctor lo hizo, a punto de que le diera un telele.

—Ahora sólo te falta repetir tres veces el lema de nuestra pandilla: «Todos para uno y uno para todos». Todo lo hacemos juntos, ¿sabes? ¡Todo! Y eso quiere decir, para empezar, que necesitamos cinco invitaciones más para tu fiesta. Algunos de nuestros camaradas van al colegio de la calle Cobb.

¡Oh, no! ¡Más invitaciones, no!

Pero ya era demasiado tarde para negarse. Víctor había prestado juramento y debía obedecer.

Se consoló pensando que la pandilla le ayudaría a resolver su problema. Después de todo, cuanto más gordo fuera, más mérito tendría para los muchachos buscarle solución. Pensando en lo que acababa de ocurrir, Víctor se sentía bastante animado. Si había podido sobrevivir a semejante trago, podría sobrevivir a cualquier otra cosa.

Aquel día, a la salida de clase, se celebraba una reunión en el garaje de Barry Goodman. Víctor nunca llegaba tarde a casa y sospechó que a sus padres no les gustaría, especialmente cuando vieran la pinta que llevaba. Pero ya se había lanzado al agua y no podía echarse atrás.

Durante la clase de matemáticas se las arregló para hacer cinco invitaciones más y las distribuyó entre los chicos del colegio de la calle Cobb que formaban parte de la pandilla. Ahora estaba sentado en el garaje esperando, impaciente, que empezara la sesión.

Cualquier miembro podía exponer su problema en cualquier reunión y los demás se ocupaban de él. Un chaval anunció, por ejemplo, que le habían encargado cuidar de su hermano pequeño justo a la hora de la próxima reunión del grupo. Enseguida varios de los chicos ofrecieron voluntariamente los servicios de sus hermanas, hermanos o primos como canguros sustitutos. La respuesta fue tan amplia que el muchacho pudo seleccionar a quien más le convenía.

Otro de los chavales había roto accidentalmente la ventana de un vecino y necesitaba cierta ayuda financiera para reparar los daños. Enseguida se organizó una colecta y cada miembro de la pandilla contribuyó con lo que podía. Víctor entregó lo que le había sobrado del dinero de la merienda, esperando que a su madre se le olvidara pedírselo.

Después de escuchar la detallada exposición de conflictos parecidos, Víctor preguntó muy serio:

—¿Puedo hablar del mío ahora?

Barry Goodman le dirigió una mirada autoritaria.

—En tu primera reunión, no. Tienes que esperar hasta el viernes.

Víctor se quedó de piedra. Si esperaba hasta el viernes, ya no tendría tiempo para arreglar nada.

—¡Se trata de algo muy urgente!

—Las leyes son las leyes. Un nuevo miembro no puede exponer sus problemas hasta su tercera reunión. Antes tiene que probar su lealtad.

—Pero el viernes lo solucionaréis, ¿no? Estoy metido en un lío terrible.

—Naturalmente. Para esta pandilla no hay lío que se resista.

Bueno, al menos le quedaba esa esperanza. Ahora, Víctor debía pensar en su problema más inmediato: cómo explicar a sus padres la razón de su tardanza.

6 Asamblea

LA señora Lovat hablaba preocupada con su marido:

—Estoy empezando a pensar que el asunto de la fiesta ha afectado a Víctor mucho más de lo que podíamos imaginar. Desde que se te ocurrió esa idea, lo veo cambiado.

—¡Ya era hora! —replicó el señor Lovat desde detrás del periódico que estaba leyendo.

—En primer lugar, ya no te puedes fiar de él. Llega tarde a casa, se viste de cualquier manera y hasta pierde el dinero que le sobra de la merienda.

—Está dejando de ser tan tímido, eso es todo. Y me alegro. Ya no se pasa el día con la nariz metida en un libro.

—¿Y qué tiene de malo que un chico lea? Tú te pasas el día con la nariz metida en el periódico.

—Por fin está haciendo amistades, eso es lo que importa.

—Sí, pero ¿qué clase de amistades? Hace poco lo vi en la calle con unos muchachos de muy mala pinta. Y mientras nosotros nos ocupamos de escoger invitados para su fiesta, él puede que traiga a algunos de ésos. No quiero ni pensarlo.

—¡Eres demasiado blanda con él!

¿Cómo quieres que se convierta en un hombre de verdad si lo mimas como si fuera un crío de pañales?

La señora Lovat empezaba a perder los estribos.

—¡Yo no lo mimo! Le dejo que sea como es y haga lo que de verdad le gusta, en lugar de tomarle el pelo todo el tiempo, como alguien que prefiero no nombrar. Tú sabes perfectamente que no es de carácter sociable. Y, si me permites decirlo, me parece una crueldad obligarlo a organizar una fiesta.

El señor Lovat tiró el periódico con un gesto violento.

—¡Pues habrá fiesta, y se acabó la discusión! Ahora me doy cuenta de la falta que yo hago en esta casa. Un muchacho necesita la presencia de su padre.

—Eso es lo que piensas, ¿no? Muy bien: no sé si sabrás que...

La discusión fue subiendo de tono y, cuando Víctor llegó, ya se habían dicho muchas cosas desagradables. El señor Lovat acababa de descubrir algunos aspectos del carácter de su mujer que hasta entonces habían permanecido ocultos para él, y la atmósfera era tan tensa como en la sala de espera del dentista.

Sin embargo, el enfado no impedía a la señora Lovat continuar pensando en su hijo.

—¡Ssss...! —susurró—. Víctor está ahí. Y si nos oye discutir, se sentirá mucho peor todavía.

Pero el muchacho no se había enterado de nada. Tenía demasiados problemas propios. Subió directamente a su habitación para preparar el discurso que se proponía pronunciar en la reunión del día siguiente.

«Lo que pasa, camaradas, es esto: he invitado a demasiada gente a mi fiesta y a mis padres les va a sentar fatal.»

No, no, muy mal. Como los chavales de la pandilla también estaban invitados, podían ofenderse pensando que los padres de Víctor no los querían en su casa. Había que encontrar algo mejor. ¿Y qué tal si dijera: «Tenemos una pequeña dificultad de espacio»? ¡Oh, diablos! No era tan fácil como parecía.

El caso es que llegó el viernes y Víctor estaba tan nervioso que salió corriendo del colegio apenas sonó el timbre y se presentó el primero en el garaje. Durante unos espantosos minutos, creyó haberse equivocado de día porque no llegaba nadie más; pero los muchachos fueron apareciendo uno a uno y, poco después, todos se estrujaban la sesera para encontrar el modo de que Víctor saliera del embrollo.

—Podríamos declarar una epidemia —propuso Chris Wade—. ¿Tu hermana no ha cogido la varicela, Dodger?

Efectivamente, estaba con varicela; pero Dodger no creía que su madre la dejara levantarse de la cama para ir por ahí echándole el aliento a la gente.

—No hace falta que se levante. Basta con que escriba cartas contaminadas. Una para Las Brisas; una para todos los de nuestra clase, menos nosotros, claro, y una para los primos de Víctor.

—No hay que olvidarse de los de la vicaría y de los hijos de los compañeros de mi padre —añadió Víctor ansiosamente.

—Pero ¿cómo les va a escribir mi hermana si ni siquiera los conoce? —observó Dodger con muchísima razón—. Además, sólo tiene cinco años y no hace más que garabatos.

—Pues pensemos otra cosa. Por ejemplo, que cada miembro de la pandilla escriba una carta amenazadora. Algo así como: «No se te ocurra aparecer en la casa de Lovat si no quieres que...».

Pocos estuvieron a favor de esa idea.

—Yo necesitaría algo que metiera mucho más miedo para renunciar a una merienda.

—Además, todos se darían cuenta de quién había escrito las cartas.

—Y los de Las Brisas se nos echarían encima. Nosotros, en su lugar, haríamos lo mismo.

—¿Y quién iba a pagar los sellos?

Se produjo un silencio mortal. Después, uno de los de la calle Cobb anunció:

—Hay un chaval en mi clase que es una calamidad haciendo juegos de manos. Él se cree que es un artista de primera, pero ¡qué va! Todo le sale al revés. Le pedimos que vaya a hacer algunos de sus trucos a tu casa y, cuando los demás se enteren, ni uno aparecerá por allí.

—Te refieres a Lenny Hargreaves, ¿no? Lo conozco. ¡Menudo petardo!

—Es tan malo que da hasta lástima.

—Una vez lo vi hacer un número que se llamaba *el ayudante desaparece.* ¡Qué desastre! La gente se partía de la risa.

—Es capaz de echar a perder la mejor fiesta.

—Estupendo. Haremos correr la voz de que va a actuar Lenny Hargreaves para que eche a perder también la de Víctor.

Barry ya estaba harto de los problemas de Lovat, aunque no quería quedar mal mostrándose incapaz de solucionarlos. Con la intervención del tal

Lenny Hargreaves podía dar carpetazo al asunto.

—¡A ver! ¡Punto siguiente de la orden del día!

Víctor estaba disgustado. Después de tantas propuestas de la asamblea, el único resultado había sido agregar dos invitados más a la lista: Lenny Hargreaves y el ayudante que, por lo visto, nunca desaparecía. Por otra parte, estaba seguro de que la cosa no iba a resultar. Él también había visto la función de Lenny Hargreaves y sabía que las casas se llenaban a tope sólo con anunciarlo. Todo el mundo quería ir para reírse y burlarse de sus fallos. Su presencia podía incluso atraer a un montón de reventadores.

¡Qué catástrofe!

Víctor tomó el camino más corto hacia su casa: el del cementerio. En esos momentos se sentía tan desgraciado que casi deseaba que de una de las tumbas se levantara un fantasma y le diera un susto de muerte. Así se acabarían sus tribulaciones. También sería útil huir lo más lejos posible o convertirse en rana. Cualquier cosa con tal de escapar de la muchedumbre enfurecida que apedrearía sus ventanas al ver que no podía entrar en la casa ni hincar el diente a la tarta de chocolate que la señora Lovat hacía como nadie.

«¡Todos para uno y uno para todos!» ¡De mucho le había servido! Ahora se daba cuenta de que los chavales de la pandilla no eran más listos que él. No comprendía por qué les había tenido miedo durante años. Se propuso borrarse el lunes... si aún seguía con vida.

En ese momento empezó a llover y una siniestra figura que se materializó detrás de una tumba caminó hacia

Víctor. El muchacho se quedó absolutamente inmóvil. Ahora que uno de sus deseos se convertía en realidad, creía morir de miedo.

A causa de la tormenta, el cielo estaba muy oscuro. Víctor pensó que cualquier cosa podía suceder en tan espantoso lugar; pero enseguida logró que su cerebro volviera a funcionar y decidió refugiarse tras una gigantesca cruz de mármol rosa. Al mismo tiempo, no pudo evitar la fúnebre idea de que pronto habría allí una nueva cruz de mármol con la siguiente inscripción:

AQUÍ DESCANSA EL CUERPO
DEL ALUMNO VÍCTOR LOVAT,
MUERTO DE MIEDO
EL VIERNES 13...

Ahora, demasiado tarde, se daba cuenta de que sus preocupaciones por

la fiesta no eran nada comparadas con el horror de toparse de narices con lo sobrenatural. En realidad, era un problema tan insignificante, tan ridículo, que no entendía por qué le había preocupado tanto. Debía aprender a distinguir lo que importa de verdad de lo que no importa ni pizca. La gente es sólo eso: gente. Y no hay razón para tenerle miedo. Si, con un poco de suerte, el fantasma se largaba, iría a su casa para explicarlo todo sin ningún temor.

Se puso de pie, tembloroso, mientras la espantosa figura seguía avanzando hacia él. De repente, con un suspiro de alivio, se dio cuenta de quién era.

—¡Papá!

—¡Por fin te encuentro, hijo! Te he estado buscando toda la tarde.

El señor Lovat le explicó que en ese momento se dirigía a hablar con el vicario. Víctor se sorprendió, ya que su padre no era un hombre demasiado religioso.

—¿Con el vicario? ¿Y de qué, papá?

El señor Lovat respiró hondo y en su mirada apareció la expresión obstinada que Víctor conocía tan bien.

—Por tu dichosa fiesta. Mis compañeros y yo estuvimos pensando cómo hacer algo que no fuera el vulgar guateque de siempre, y se nos han ocurrido unas ideas formidables.

—¿Qué clase de ideas? —preguntó el muchacho, bastante alarmado.

—Hay que echarle animación al asunto. Unos chavales como vosotros no os vais a divertir con esa sosería de juegos que había planeado tu madre. Hace falta algo con más marcha. ¿No te parece? Así que hemos pensado montar un espectáculo musical. Yo tocaré el acordeón, ellos la gaita, y luego representaremos un par de escenas cómicas. George y Harry bailan claqué como profesionales, y Pete cuenta los chistes que te mondas.

—Pero, papá...

—El único inconveniente —continuó el señor Lovat sin hacer caso de la interrupción— es que en casa no hay bastante sitio para organizar una función así. Por eso, ahora iba a pedirle al vicario que nos alquile el salón de la iglesia. Claro que veinte chicos estarían como perdidos en un lugar tan grande, así que tendremos que sacar unos pocos más de donde sea. Bueno, unos pocos no: unos cuantos.

Hubo un momento de silencio durante el cual el señor Lovat observó con inquietud a su hijo, que se había quedado como pasmado. A decir verdad, el padre de Víctor se sentía algo culpable con respecto a aquellos cambios de última hora. Se le habían ocurrido, en un impulso desafiante, mientras discutía con su mujer. Después de todo, había que dejar bien claro quién era el cabeza de familia. Sin embargo, no podía olvidar la advertencia de la señora Lovat: «¡Esta vez has ido demasiado lejos! ¡Has ido lo que se dice lejísimos!»

Estaba pensando cómo mandar al cuerno la condenada fiesta cuando Víctor, de repente, volvió a la vida. Ante el total asombro de su padre, el chico saltó limpia y ágilmente sobre las tumbas. Su cara resplandecía de contento, como una antorcha en medio de la lluvia.

¡Por fin su problema estaba resuelto!

Ya no necesitaba dar largas explicaciones, y podrían venir todos los invitados que quisieran. Serían tantos, que nadie se daría cuenta de su propia presencia. En cuanto saludara a todo el mundo, podría escaparse y buscar un lugar tranquilo donde leer el último libro que había sacado de la biblioteca.

Índice

EL BARCO DE VAPOR

SERIE AZUL (a partir de 7 años)